Nathan and the Really Big Bully

Nathan y el gran abusador

Written by/Escrito por
Gerry Renert

Illustrated by/Ilustrado por
Carrie Anne Bradshaw

To Rita, Sarah, Marcello, Charlotte,
Marcel and my beloved wife, Liz. GR

For Lily Annabelle. CAB

Renert, Gerry.

    Nathan and the Really Big Bully / written by Gerry Renert; illustrated by Carrie Ann Bradshaw;
translated by Cambridge BrickHouse = Nathan y el gran abusador / escrito por Gerry Renert;
ilustrado por Carrie Anne Bradshaw; traducción al español de Cambridge BrickHouse
—1 ed.—McHenry, IL : Raven Tree Press, 2012.

    p.;cm.

    SUMMARY: The story of a penguin being bullied by a hyena, and how Nathan
              demonstrates that it's better to speak up to bullies, than to strike back.

ISBN 978-1-621670-72-8 hardcover

    Audience: pre-K to 3rd grade

    1. Animals/Hippos & Rhinos—Juvenile fiction. 2. Social Issues/Bullying—Juvenile fiction.
    3. Bilingual books—English and Spanish. 4. [Spanish language materials— books.]
    I. Illust. Bradshaw, Carrie Anne. II. Title. III. Title: Nathan y el gran abusador.

LCCN: 2012938042

Printed in USA
10 9 8 7 6 5 4 3 2
First Edition

Raven Tree Press
A Division of Delta Systems Co., Inc.
www.raventreepress.com

PRINTED WITH
SOY INK

Free activities for this book are available at www.raventreepress.com

It was a perfect summer morning. A figure could be seen moving beneath the water of the lagoon.

◆ ◆ ◆ ◆

Era una mañana de verano perfecta. Podía verse algo que se movía bajo el agua de la laguna.

It was Nathan happily doing his task of cleaning
the bottom of the lagoon. He did it every morning,
before anyone was allowed in the water.

◆ ◆ ◆ ◆

Era Nathan, que cumplía alegremente con su tarea de
limpiar el fondo de la laguna. Lo hacía cada mañana,
antes de que a alguien se le permitiera meterse al agua.

As Nathan got out of the water, he was joined by the penguin.
"Nathan," he said, "I need to talk to you before anyone gets here."
Nathan answered, "Of course. What would you like to talk about?"

◆ ◆ ◆ ◆

En cuanto Nathan salió del agua, se le apareció el pingüino.
—Nathan —dijo—, necesito hablar contigo antes de que alguien llegue.
—Por supuesto —respondió Nathan— ¿De qué quieres hablar?

The penguin told him, "Sometimes, when you're not looking, the hyena splashes everybody—even in the eyes. He likes picking on me and yesterday wouldn't leave me alone."

◆ ◆ ◆ ◆

—A veces, cuando tú no estás mirando, la hiena chapotea en el agua y salpica a todo el mundo, incluso en los ojos. Siempre me está molestando y ayer no me dejaba en paz.

"Being splashed when you don't want to be is never fun," Nathan said.
After a moment, the penguin thought out loud, "Maybe the best
thing for me is not to go in the water when the hyena is here."
When the penguin imagined not swimming, he didn't like it very much.

◆ ◆ ◆ ◆

—No me parece divertido que alguien te salpique agua cuando tú no quieres —dijo Nathan.
Después de un momento, el pingüino pensó en voz alta:
—Tal vez sea mejor que no me meta al agua si está la hiena.
Cuando el pingüino se imaginó sin poder nadar, no le gustó para nada la idea.

9

"Or," the penguin said. "Maybe I could become friends with the hyena and offer him some of my lemonade."

◆ ◆ ◆ ◆

—O quizás —dijo el pingüino— podría hacerme amigo de la hiena y darle un poco de mi limonada.

When the penguin imagined the hyena taking all his lemonade, he didn't like it very much either. He raised his wing high and blurted out, "The next time the hyena splashes me I will teach him a lesson!"

◆ ◆ ◆ ◆

Cuando el pingüino imaginó a la hiena tomándose toda su limonada, tampoco le gustó mucho la idea. Levantó su ala y gritó:
—La próxima vez que la hiena me salpique agua, ¡le daré una lección!

When the penguin imagined
that, he liked it a lot.

◆ ◆ ◆ ◆

Cuando el pingüino se imaginó
esto, le encantó la idea.

Nathan told the penguin, "No matter how mad you get, you shouldn't be mean and behave badly. Two wrongs never make a right. If you ignore the hyena, I bet he will stop. He's probably just looking for attention."

◆ ◆ ◆ ◆

—No importa cuán enojado estés, no deberías ser malo ni actuar mal —le dijo Nathan al pingüino—. Nada bueno sale de dos malas actitudes. Si no le haces caso a la hiena, apuesto a que va a parar. Es probable que solo esté llamando la atención.

The penguin agreed with Nathan's suggestion.

◆ ◆ ◆ ◆

El pingüino estuvo de acuerdo
con la sugerencia de Nathan.

The next day, an elephant wandered into the lagoon to cool off.
Nathan and the penguin laughed as they watched the elephant romp
around. The elephant stood up and filled his trunk with water.

◆ ◆ ◆ ◆

Al día siguiente, un elefante llegó a la laguna para refrescarse.
Nathan y el pingüino se rieron al ver al elefante revolcarse por
todos lados. El elefante se incorporó y llenó su trompa de agua.

16

Aiming at the lifeguard chair, the elephant launched a huge burst of water. Nathan and the penguin were soaked. They both stopped laughing.

◆ ◆ ◆ ◆

Apuntando hacia la silla del salvavidas, el elefante lanzó un enorme chorro de agua. Nathan y el pingüino quedaron empapados. Ambos pararon de reírse.

17

Nathan's sunscreen was now a watery goo, dripping down his face. He stared angrily at the elephant. The penguin asked, "You're not going to yell at the elephant, are you, Nathan? I thought you were supposed to ignore him." Nathan thought about it and said, "You're right." Then he smiled and wiped his face.

◆ ◆ ◆ ◆

El protector solar de Nathan era ahora una baba pegajosa que goteaba por su cara. Nathan miró furiosamente al elefante. —¿No le irás a gritar al elefante, verdad Nathan? —le preguntó el pingüino—. Yo creí que no había que hacerle caso. —Tienes razón —dijo Nathan después de pensarlo un momento. Luego sonrió y se limpió la cara.

Later that day, Nathan was teaching the baby chimpanzees
how to tread water so they could float safely.

◆ ◆ ◆ ◆

Más tarde, Nathan les mostró a los bebés chimpancés
cómo mantenerse a flote en el agua.

Just then, the elephant came and sprayed a huge stream of water at them. The stream of water knocked Nathan's goggles off his face.

◆ ◆ ◆ ◆

Justo entonces se acercó el elefante y soltó un enorme chorro de agua encima de ellos. El chorro de agua le tumbó a Nathan las gafas protectoras.

23

Looking very upset, Nathan approached the elephant and stared directly into his eyes. Watching them, the hyena leaned over and whispered into the penguin's ear. "Watch this. Nathan is going to hit the elephant."

◆ ◆ ◆ ◆

Realmente molesto, Nathan se acercó al elefante y lo miró fijamente a los ojos. Al verlos, la hiena se acercó al pingüino y le susurró al oído: —No te pierdas esto. Nathan va a golpear al elefante.

Instead, Nathan put his arm softly on the elephant's shoulder and said: "It's nice you decided to visit our lagoon. Everyone is always welcome. One of the rules is that you have to treat everyone nicely. If you spray one of us again, you're going to have to leave immediately."

◆ ◆ ◆ ◆

Pero en lugar de eso, Nathan apoyó suavemente su brazo sobre el hombro del elefante y le dijo:
—Me alegra que hayas decidido visitar nuestra laguna. Todos son siempre bienvenidos. Una de las reglas es que hay que tratar bien a los demás. Si echas agua sobre alguno de nosotros otra vez, tendrás que irte de inmediato.

The elephant looked hurt and said, "I'm sorry. Spraying is fun for elephants. If you had told me not to do it the first time, I would have stopped. If I promise never to spray again, can I stay?"

◆ ◆ ◆ ◆

El elefante se sintió herido y dijo: —Lo siento. Rociar agua es algo muy divertido para los elefantes. Si me hubieras dicho desde el principio que no lo hiciera, me habría detenido. Si prometo no echar agua otra vez, ¿me puedo quedar?

27

Later, the animals were having a great time playing water volleyball. The elephant was very good at using his long trunk to spike the ball.

◆ ◆ ◆ ◆

Más tarde, los animales se divertían jugando voleibol acuático. El elefante era muy bueno para rematar la pelota usando su larga trompa.

28

The penguin was watching the ball when the hyena raised his paw to splash him. The penguin turned and saw him just in time. He looked the hyena right in the eye, and said. "Like Nathan told the elephant, one of the rules here is you have to treat everyone nicely or leave."

◆ ◆ ◆ ◆

El pingüino estaba observando la pelota cuando la hiena levantó su pata para salpicarlo. El pingüino se viró y lo sorprendió justo a tiempo. Miró fijamente a los ojos de la hiena y le advirtió: —Como le dijo Nathan al elefante, una de las reglas aquí es que tienes que tratar bien a los demás, o irte.

29

The hyena decided he wanted to stay and have fun, too. He joined the volleyball game. Nathan was happy knowing he and the penguin had done the right thing, not by striking back, but by speaking up.

◆ ◆ ◆

La hiena decidió que también quería quedarse y divertirse. Ella se unió al juego de voleibol. Nathan estaba contento de saber que tanto él como el pingüino habían actuado correctamente, no respondiendo con un golpe, sino hablando.

Vocabulary / Vocabulario

lagoon	laguna
water	agua
penquin	pingüino
splash	salpicar
hyena	hiena
lemonade	limonada
elephant	elefante
face	cara
goggles	gafas protectoras
rules	reglas
hurt	daño
fun	divertido
ball	pelota
game	juego
happy	feliz